Carlos & Carmen

Las piñatas perfectas

Por Kirsten McDonald
Ilustrado por Erika Meza

Calico Kid

An Imprint of Magic Wagon
abdobooks.com

For Erika so that she can have lots of fun creating the perfect piñatas. —KKM

*Para Erika, para que pueda divertirse un montón
creando las piñatas perfectas. —KKM*

*For the whole team in ABDO (Candice, Tina, Heidi, Meg!!), who became dear
friends and helped create this wonderful family. —EM*

*Para todo el equipo de ABDO (¡¡Candice, Tina, Heidi, Meg!!), quienes se hicieron
queridas amigas mías y me ayudaron crear esta familia maravillosa. —EM*

abdobooks.com

Published by Magic Wagon, a division of ABDO, PO Box 398166, Minneapolis, Minnesota 55439. Copyright © 2019 by Abdo Consulting Group, Inc. International copyrights reserved in all countries. No part of this book may be reproduced in any form without written permission from the publisher. Calico Kid™ is a trademark and logo of Magic Wagon.

Printed in the United States of America, North Mankato, Minnesota.
112018
012019

THIS BOOK CONTAINS
RECYCLED MATERIALS

Written by Kirsten McDonald
Translated by Brook Helen Thompson
Illustrated by Erika Meza
Edited by Heidi M.D. Elston
Design Contributors: Christina Doffing & Candice Keimig

Library of Congress Control Number: 2018953219

Publisher's Cataloging in Publication Data

Names: McDonald, Kirsten, author. | Meza, Erika, illustrator.
Title: Las piñatas perfectas / by Kirsten McDonald; illustrated by Erika Meza.
Other title: The perfect piñatas. Spanish
Description: Minneapolis, Minnesota : Magic Wagon, 2019. | Series: Carlos & Carmen Set 3
Summary: Carlos & Carmen's Abuelita has come to visit. She joins the twins, Mamá, and Papá
  as they go from store to store, searching for the perfect piñatas. When they finally find
  them, the twins fall in love with their new piñata pets. They don't want to smash them!
  Luckily, Abuelita knows just what to do.
Identifiers: ISBN 9781532133572 (lib. bdg.) | ISBN 9781532134173 (ebook)
Subjects: LCSH: Hispanic American families--Juvenile fiction. | Pinatas--Juvenile fiction. |
  Grandmothers--Juvenile fiction. | Brothers and sisters--Juvenile fiction. | Spanish language
  materials--Juvenile fiction.
Classification: DDC [E]--dc23

Tabla de contenido

Capítulo 1
Ir de compras

Carlos y Carmen se agarraban
de la mano de su abuelita. Iban de
compras para las piñatas perfectas.

En la primera tienda, vieron piñatas de tortugas y piñatas de trenes. Vieron piñatas de princesas y piñatas de ponis. Incluso vieron piñatas en forma de piñas.

—Miren a estas piñatas maravillosas, my grandchildren —dijo Grandma.

Carlos y Carmen ahuecaron el papel rizado de las piñatas. Giraron cada piñata a un lado al otro lado. Pero no pudieron encontrar las piñatas perfectas.

En la segunda tienda, vieron piñatas de cohetes y piñatas de arco iris. Vieron piñatas de cerdos y piñatas de loros. Incluso vieron piñatas en forma de tacos.

—Creo que ésta es la piñata perfecta —dijo Daddy, levantando una piñata de estrella.

Carlos y Carmen miraron la piñata de estrella.

—Es grande y brillante —dijo Carmen—. Pero no estoy segura de que sea perfecta.

—Me neither —consintió Carlos.

—¿Qué tal ésta? —preguntó Mommy, levantando una piñata de caballito de mar.

—Es grande y feliz —dijo Carlos—. Pero no estoy seguro de que sea perfecta, tampoco.

9

En la tercera tienda, había piñatas en el techo. Había piñatas en el suelo. Había piñatas en los estantes y piñatas en los contenedores.

Y en el rincón, los gemelos encontraron exactamente lo que estaban buscando.

—Look! —gritó Carlos—. ¡Un dinosaur verde como él que está en el póster de mi habitación!

—Look! —gritó Carmen—. ¡Un elefante lindo como él que está en el póster de mi habitación!

Carlos miró a Carmen. Carmen miró a Carlos.

—¿Estás pensando lo que estoy pensando? —dijeron.

Y como eran gemelos, así estaban pensando lo mismo.

Capítulo 2
Un problema de piñatas

En casa, los gemelos y sus piñatas perfectas hicieron todo juntos. Jugaron al escondite y al fútbol. Y, todos tomaron turnos en el columpio de llanta.

Y a la hora de la cena, Carmen compartió su silla con su piñata de elefante. Carlos compartió su silla con su piñata de dinosaurio.

Y a la hora de acostarse, Carmen arropó a su piñata en su saco de dormir.

—Buenas noches, Ellie —dijo ella.

Carlos arropó a su piñata en su saco de dormir.

—Buenas noches, Dino —dijo él.

Murr-ahh, dijo Spooky. Ella creía
que eran bastante perfectas también.

—Estoy feliz de que hemos
encontrado las piñatas perfectas
—dijo Carmen.

—Me too —dijo Carlos—. Excepto que no quiero romperlas.

—Me neither —dijo Carmen—. Pero sí quiero dulces y juguetes cayendo del cielo para nuestro birthday.

—Me too —consintió Carlos.

Los gemelos pensaron en su problema de piñatas.

—Tal vez podemos agitarlas para sacar los dulces y juguetes —dijo Carlos.

—Esto no sería emocionante —dijo Carmen con un bostezo.

—Y no sería sorprendente —dijo Carlos con un bostezo.

Los gemelos pensaron un poco más. Bostezaron un poco más. Entonces los dos se quedaron dormidos soñando con sus cumpleaños.

Capítulo 3
Pequeñas puertas

Carlos y Carmen picaron sus panqueques. Spooky picó una de la borlas largas de papel de Ellie.

19

—My children —dijo Daddy—, ¿por qué están tan tristes?

Carlos dijo:

—Encontramos las piñatas perfectas para nuestro birthday.

Carmen dijo:

—Y queremos dulces y juguetes cayendo del cielo.

—Pero no queremos que Dino sea roto —dijo Carlos.

—Y no queremos que Ellie sea rota —dijo Carmen.

—Lo que necesitan es un montón de ribbons —dijo Grandma.

—¿Y cómo nos puede ayudar un montón de cintas? —preguntó Carmen.

—Sólo consígame un rollo de ribbon, unas tijeras, y un poco de cinta adhesiva —dijo Grandma—. Yo sé exactamente cómo solucionar este problema.

En seguida, los gemelos encontraron cinta, tijeras, y cinta adhesiva.

Los gemelos miraron a Grandma cortar puertas en las partes de abajo de ambas piñatas. Miraron a ella pegar cintas dentro de la puerta de cada piñata.

Nueve cintas tenían pequeños pedazos de cinta adhesiva. Una cinta tenía montones y motones de cinta adhesiva.

—Look! —dijo Grandma—. Estas nueve ribbons se soltarán cuando se tiren. Pero la que tiene mucha cinta adhesiva abrirá la puerta de la piñata.

—Y dulces pueden caer del cielo —dijo Carmen.

—Y nadie va a romper nuestras piñatas perfectas —añadió Carlos.

—¡Vamos a probarlo! —dijeron los gemelos.

Capítulo 4
Piñatas perfectas

Grandma sostuvo a Ellie patas arriba. Carlos dejó caer pelotas de goma por la pequeña puerta. Carmen dejó caer un puñado de cacahuetes todavía en sus cáscaras.

25

Daddy estuvo de pie en las escaleras y sostuvo a Ellie a gran altura.

—Cierren los ojos, Ustedes dos —dijo Grandma a los gemelos—. Dense la vuelta cinco veces. Sin mirar, my grandchildren.

Carlos y Carmen cerraron los ojos.
Ellos se dieron vueltas y vueltas.

—Estoy mareado —dijo Carlos.

—Me too —dijo Carmen,
sosteniendo los brazos para mantener
el equilibrio.

—Mantengan los ojos cerrados y
escojan una cinta —dijo Grandma.

Carlos y Carmen movieron los
brazos extendidos por el aire.

—Encontré una —dijo Carmen, y tiró de la cinta. No pasó nada.

—Mi turno —dijo Carlos, y tiró de una cinta. No pasó nada.

—Agarren otra ribbon —dijo Mommy—. Y sin mirar, my children.

Carlos agarró otra cinta y tiró. Esta vez, la cinta abrió la pequeña puerta de la piñata. Cacahuetes y pelotas de goma salieron.

—¡Hurra! —gritó Carlos, recogiendo cacahuetes.

—¡Un doble hurra! —gritó Carmen mientras persiguió una pelota de goma.

Murr-uhhh, añadió Spooky mientras batió pelotas y saltó sobre cacahuetes.

—¡Gracias, Grandma! —gritaron los gemelos.

—Has solucionado nuestro problema de piñatas —dijo Carmen.

—Ahora nuestras piñatas son perfectas —dijo Carlos.

Los gemelos y sus piñatas perfectas dieron a Grandma grandes abrazos apretados. Entonces todos se pusieron ocupados planeando los mejores cumpleaños de todos los tiempos.

Inglés
a
Español

birthday – cumpleaños

Daddy – Papá

dinosaur – dinosaurio

Grandma – Abuelita

Look! – ¡Mira!

me neither – yo tampoco

me too – yo también

Mommy – Mamá

my children – mis hijos

my grandchildren – mis nietos

ribbons – cintas